तरकश में आलपिन

दीपक उपाध्याय

प्रथम संस्करण: फ़रवरी 2023
भारत में मुद्रित

टाइप : कोकिला

ISBN: 978-93-95374-80-4

आवरण रचना: देवव्रत साहू

इलस्ट्रेटर: श्री के. के. विश्वकर्मा

प्रकाशक :   स्टोरीमिरर इंफोटेक प्राईवेट लिमिटेड,
7वीं मंजिल, एल तारा बिल्डिंग, डेल्फी बिल्डिंग के पीछे,
हीरानंदानी गार्डन, पवई, मुंबई, महाराष्ट्र - 400076, भारत

Web:	https://storymirror.com
Facebook:	https://facebook.com/storymirror
Instagram:	https://instagram.com/storymirror
Twitter:	https://twitter.com/story_mirror
Email:	marketing@storymirror.com
Email:	upadhyay.deepak@gmail.com
Instagram:	Deepak.upadhyay.007

WhatsApp No: 7354308047

समर्पित

वह धूप है,

वह ताप है,

पर हरता हर संताप है,

वह बाप है,

पूज्य पिता जी स्वर्गीय **ओम प्रकाश नारायण उपाध्याय** को समर्पित

अनुक्रमणिका

प्रेम विवाह

बीवी छत पर कपड़े डाल रही है और उस्मान मियाँ कुर्सी पर बैठे-बैठे पुराने दिनों को याद कर रहे हैं, कि कैसे वो पढ़ने के बहाने छत पर आ जाते।

सलमा भी कपड़े सुखाने के बहाने अपनी छत पर आ जाती। ज़माने की नज़रों से बच कर नज़रों का ये खेल असीम आनंद देता।

वो आज भी छत पर कपड़े डाल रही है, ज़माने का कोई डर भी नहीं, पर वो उद्विग्नता भी नहीं.....वो आनंद भी नहीं....।

ना जाने क्यूँ…

शायद सारा क़सूर हमारी छतों का है, जो पहले दो थीं।

अब हमारी छत एक हो गयी है।

विकास

बॉबी के घर के चारों ओर धूम मची है। आज बहुप्रतीक्षित फोर लेन सड़क का लोकार्पण जो होना है। सड़क को झंडों और गुब्बारों से सजाया जा रहा है। दोनों तरफ सरसों के लहलहाते पीले खेत और बीच में अंतहीन सपाट सड़क, जैसे प्रसव के बाद किसी माँ के पेट पर टाँके लगे हों। अदृश्य विकास के आगमन की उम्मीद में सैकड़ों एकड़ उपजाऊ भूमि सदा के लिए पाट दी गयी थी। जिनकी ज़मीनें गयीं वही आज झंडों और गुब्बारों से इसे सजा रहे थे। पुराने दिनों में जब भूमि ही जीविकोपार्जन का एकमात्र सहारा रही होगी, तो इसी भूमि ने जिनके वंश का संरक्षण किया था वही आज इसके बाँझ होने का जश्न मना रहे थे।

इसी फोर लेन सड़क के बीच में बने अस्थायी शेड के कबाड़ में पिछले महीने बॉबी ने अपने तीन बच्चों को जन्म दिया था। जब सड़क का निर्माण चल रहा था उन दिनों तीनों बच्चे ढलान पर दौड़ते, लुढ़कते और सड़क पर भी खेलते। बॉबी सड़क पार कर रिहायशी इलाकों में जाती, अपना

पेट भरती और बच्चों के लिए भी मुँह में दबा कर रोटी ले आती। लेकिन आज कहीं जाने की जरुरत नहीं थी, हर फेंके हुए डब्बे में पूड़ी और सब्जी मिली।

बॉबी और बच्चों ने जी भर के खाया और ईश्वर के साथ सड़क का भी धन्यवाद किया।

अगली सुबह जब बॉबी की नींद खुली तो हैरान!

जैसे गाड़ियों के समंदर के बीच खड़ी हो, दोनों तरफ हवा से बातें करतीं गाड़ियाँ...

सूरज सिर पर चढ़ आया लेकिन खाने को कुछ न मिला। इतनी तेज गति से जा रही गाड़ियों के बीच सड़क पार करने की वो अभ्यस्त नहीं थी। लेकिन शाम तक बच्चों के करुण रुदन ने उसे विवश कर दिया।

हिम्मत जुटा, सड़क पर उतरी और बड़ी मुश्किल से सड़क पार किया। पहले अपनी क्षुधा मिटाई फिर एक रोटी मुँह में दबाये लौटने लगी। डिवाइडर पर खड़े बच्चे माँ को रोटी के साथ आता देख आनंद से भौंकने लगे। पर इस वापसी में भाग्य ने उसका साथ नहीं दिया। डिवाइडर के पास पहुँचने ही वाली थी कि एक तेज गति ट्रक ने उसे कुचल डाला। माँ की दशा देख बच्चे भी सड़क पर कूद पड़े। कभी माँ के पास जाते, कभी गाड़ियों के पीछे भौंकते। अचानक से ना ब्रेक लगाने की स्वतंत्रता, ना ही लेन बदलने की, फलस्वरूप बॉबी का पूरा परिवार विकास की भेंट चढ़ गया।

त्वरित विकास एक ऐसी व्यवस्था है जिसमें इससे सामंजस्य नहीं बैठा पाने वाले स्वतः समाप्त हो जाते हैं, साथ ही वह यह भी सुनिश्चित करता है कि इसके ख़िलाफ़ आवाज़ उठाने वाले भी, बॉबी के बच्चों की तरह, समाप्त हो जाएँ और इल्ज़ाम भी किसी के सिर न आये।

बस कुछ ही देर में बॉबी का पूरा परिवार सिर्फ चार धब्बों में तब्दील हो चुका था, जिसे तेज गति गाड़ियाँ लगातार रौंदे जा रही थीं।

मेट्रो वीकेंड

उस्मान के किचेन से बर्तनों की कर्कश आवाज़ साफ सुनी जा सकती है। कलछी जैसे कढ़ाही का पेट फाड़ने को आतुर है। उस्मान ने जब से बताया है कि, आज उनका भाई अरमान खाने पर आने वाला है, सलमा का मूड खराब है।

"लोग वीकेंड पर घूमने जाते हैं, बाहर डिनर करते हैं और यहाँ तो….." सलमा बड़बड़ाये जा रही है।

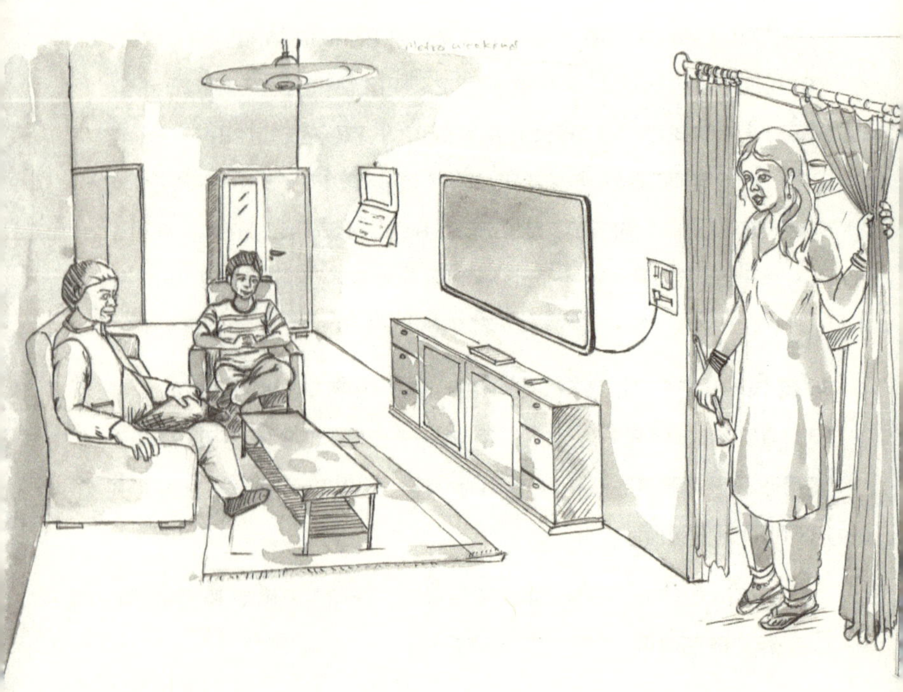

डोरबेल बजी, मेहमान आ गये, लेकिन सलमा किचेन में ही रुकी रही; पर पति के बुलाने पर बेमन से बाहर आयी तो देखा सोफे पर मोटे असलम मियाँ धँसे हुए थे।

'आप तो कह रहे थे कि अरमान.....'

सलमा के आधे सवाल का पूरा जवाब उस्मान की शातिर मुस्कान ने दिया था।

थोड़ी ही देर मे घर का माहौल बदला हुआ है, उस्मान मियाँ साले से गप्पें लड़ा रहे हैं और किचेन से आ रही कलछी की आवाज़ मधुर हो चली है।

एक बात

"अब भगवान इन्हें उठा ही ले तो अच्छा है....." पति को देखने आए रिश्तेदारों को गेट तक छोड़ने आयी प्रियंवदा की यह बात पांडेय जी के कानों तक जा पहुँची। जैसे तीर लगा...

72 वर्ष के हो चुके पांडेय जी पिछले तीन महीनों से बिस्तर पर थे। बाथरूम में पड़े छोटे-से साबुन के टुकड़े ने उनके कुल्हे की हड्डी तोड़ दी थी। शुगर, ब्लडप्रेशर के साथ इस नयी बीमारी ने उन्हें अशक्त कर दिया था।

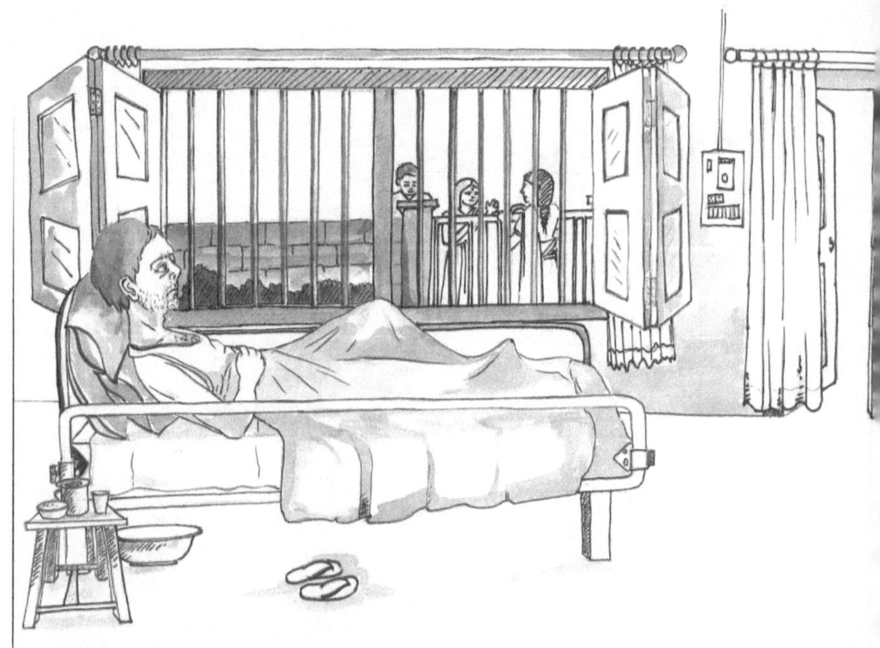

ज़िंदगी के तमाम झंझावात में वटवृक्ष की तरह खड़े रहने वाले पांडेय जी की जड़ें एक बात ने हिला दी थीं। सारा वैवाहिक जीवन आँखों के सामने घूम गया। आज भी वह दिन याद है जब वो प्रियंवदा को ब्याह कर घर लाये थे। जैसी सुन्दर काया, वैसी ही मधुर वाणी। प्रियंवदा के सौंदर्य के आकर्षण ने उन्हें अपने-पराये सब से दूर कर दिया था। उसके प्यार के सरोवर में ऐसे डूबे कि जब निकले तो सीधे दूसरे किनारे, जहाँ अब उनका एकाकी परिवार था।

सुना था जीवन मे पत्नी माँ का स्थान लेती है पर आज उन्हें माँ की बहुत याद आ रही थी। रात के तीसरे पहर तक उनकी अश्रुधारा बहती रही।

सुबह प्रियंवदा ने जब पांडेय जी को चाय के लिए जगाना चाहा तो देखा कि भगवान ने उसकी सुन ली थी।

आसक्ति

वसुधा के आँगन में गौरैया ने घोंसला बना रखा है। जैसे ही गौरैया घोंसले पर आकर बैठी, बच्चे ची-ची करते बाहर आ गये। आह्लादित हो बच्चे बार-बार अपनी लाल चोंच खोलते और गौरैया, जो भी साथ लायी थी, उन्हें खिलाती जाती और अपनी चोंच से ही बच्चों को दुलारती जाती। वसुधा यह वात्सल्य प्रेम देख आत्मविभोर हो रही थी कि तभी बाथरूम से आवाज़ आयी... 'तौलिया'

वसुधा तेजी से उठी, तौलिया उठाया और राहुल को पकड़ा आई और फिर से वही दृश्य निहारने लगी।

राहुल के विवाह के छः महीने बीत चुके हैं। वसुधा ने बहुत ठोक बजा कर अपने इकलौते बेटे के लिए सुंदर और सुशील बहु रश्मि का चयन किया था। वसुधा को रश्मि से कोई शिकायत न थी लेकिन रश्मि पति के प्रति अपने दायित्वों से वंचित थी। राहुल को तौलिया देना, नाश्ता देना, खाना खिलाना, कपड़े इस्त्री करना जैसी सारी दिनचर्या की चीजों का निर्वहन वसुधा पूर्ववत ही करती आ रही थी जो रश्मि को असहज लगता।

गौरैया के बच्चे बड़े होते जा रहे थे, धीरे-धीरे वो माँ के साथ आँगन में खेलने लगे, फिर माँ ने उन्हें उड़ना सिखाया और वो दिन भी आया जब बच्चे उड़ना सीख गये। अब गौरैया घोंसले में अकेली ही रह गई थी। गौरैया हो न हो लेकिन वसुधा को वो उदास ही लगती। गौरैया की यह दशा देख वसुधा का राहुल के प्रति अधिकार बोध बढ़ता जा रहा था और उसी अनुपात में रश्मि की कुंठा। पंडित जी ने कई बार पत्नी को समझाने का प्रयास किया लेकिन वसुधा कुछ समझने को तैयार न थी। पूरे परिवार के सम्बन्धों में एक अजीब सा तनाव और सन्नाटा पसरा था।

तभी एक शाम, भयानक तूफान आया। तेज आंधी, बादलों की भीषण गर्जना, लपलपाती बिजली, घनघोर बारिश......प्रकृति अपने रौद्र रूप में थी। तभी वसुधा ने देखा, गौरैया का बच्चा घोंसले पर आ बैठा। वसुधा के होंठों पर संतोष भरी मुस्कान तैर गयी।

लेकिन ये क्या ?

गौरैया बाहर आयी और चोंच मार कर बच्चे को भगाने लगी। बच्चा बार-बार अंदर जाने की कोशिश करता लेकिन गौरैया मानने को तैयार न थी। अन्ततः गौरैया ने उसे भगा कर ही दम लिया। वसुधा अवाक थी।

चीख पड़ी- कैसी निर्दयी माँ है?

जिसे पाल पोस कर इतना बड़ा किया उसे आज इस विपत्ति में घोंसले में ही नहीं घुसने दिया!

पास खड़े पंडित जी ने पत्नी को समझाया -

'आज अगर गौरैया बच्चे को घोंसले में रहने देती तो वह कभी अपना घोंसला नहीं बनाता और सदैव माँ पर ही निर्भर रहता। आखिर गौरैया सदैव उसका सहारा बनने के लिए बैठी तो नहीं रहेगी। उसने जो भी किया बच्चे के भले के लिए किया। सारे जीवों में सिर्फ मनुष्य के प्रेम में ही आसक्ति होती है और वही उसके दुखों का कारण है। सच्चा प्रेम परजीवी नहीं वरन स्वावलंबी बनाता है।'

बादल रात भर बरसते रहे और वसुधा के नयन भी। सुबह आसमान एकदम साफ था। सूजी आँखों और दृढ़ चेहरे के साथ वसुधा जैसे ही आँगन में बैठी राहुल ने आवाज़ लगाई...'तौलिया'

वसुधा ने तौलिया उठाया और रश्मि को देती हुए बोली 'जा बहु राहुल को दे आ।'

मामाजी

सालों बाद गाँव के बाहर वाले मंदिर में उससे मुलाकात हुई। कोरोना जनित घर वापसी के लिए मैंने अपना गाँव चुना था और उसने मायका। अगर उसने घर से भागने की हिम्मत कर ली होती तो आज हम पति-पत्नी होते।

धार्मिक, सामाजिक तथा आर्थिक बंधन सदा से ही प्यार का गला घोंटते रहे हैं। लेकिन चाहे कितना भी वक्त बीत जाए, पहला प्यार सदा उसी रूप में नज़र आता है। यह ऐसा आत्मिक सौंदर्य है जो कभी मलिन नहीं होता, इसकी तपिश कभी कम नहीं होती।

हम एकटक एक दूसरे को देखे जा रहे थे कि अचानक नयनों के इस सेतु बंध को एक मीठी आवाज ने तोड़ा।

"मम्मी ये कौन हैं ?"

"पैर छुओ, ये भी तुम्हारे मामा जी हैं।" सुमन ने उत्तर दिया।

प्यारी सी बालिका ने मेरा पैर छुआ लेकिन मुख से आशीर्वाद का एक शब्द नहीं फूटा, जैसे सैकड़ों कोरोना विषाणुओं ने मेरा गला चोक कर दिया हो।

पिताजी

बात उन दिनों की है जब हमारी बाछें निकल रहीं थीं। स्कूल से भागकर फिल्में देखना और उनके गाने गुनगुनाने का दौर शुरू हो चला था। पिता जी के सामने तो नहीं, लेकिन अपने कमरे में, आँगन में और बाथरूम में मैं गुनगुनाता रहता। मुझे इस बात का ज़रा भी अंदाज़ा न था कि मेरी आवाज़ पिता जी के कानों तक पहुँच रही थी। यह वो दौर न था जब माता-पिता घर आये मेहमानों के सामने अपने बच्चों के नाचने-गाने की कला का प्रदर्शन कर गौरवान्वित महसूस करते हैं। उन दिनों नाचना-गाना ऐब माना जाता, जिसे छुड़ाने के लिए बाप बच्चों को कूटते, माताएँ मन्नतें माँगतीं और कभी-कभी झाड़-फूँक भी कराई जाती।

पिता जी को यह परिवर्तन खटक तो रहा था पर उन्हें कुछ सूझ नहीं रहा था, तभी एक

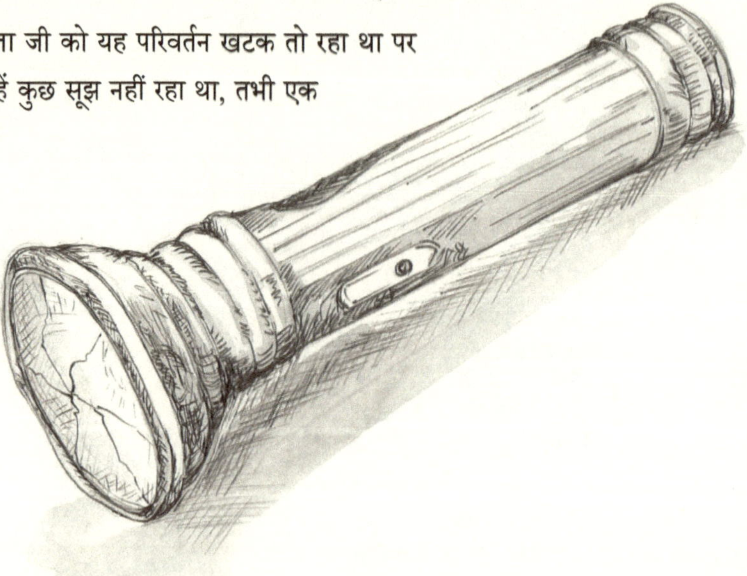

दिन अचानक शाम को मैं अपने कमरे में पढ़ रहा था और बिजली चली गयी। मैंने गुनगुनाना शुरू ही किया था कि पिता जी की आवाज़ आयी - "अपनी मैथ्स की बुक लेकर आओ"

पापा ने बुक खोली और ट्रिग्नोमेट्री के फ़ार्मुले पूछना शुरू किया। शुरू के फ़ार्मुले तो याद थे लेकिन जैसे-जैसे चैप्टर आगे बढे, पहले तो फ़ार्मुले ग़लत हुए फिर सन्नाटा...

पिता जी ने पूछा - "फ़ार्मुले याद क्यों नहीं है ?"

वैसे तो घर की दीवारों को भी अंदाजा हो चला था कि क्या होने वाला है लेकिन मैंने हिम्मत दिखाई, बोला - "फ़ॉर्मूले बहुत हैं और बड़े भी, भूल जाते हैं।"

पिता जी बोले, "दुनिया में जितने गाने हैं सभी की दो लाइनें तुम्हें याद हैं लेकिन एक लाइन का फार्मूला याद नहीं होता!"

और फिर पिता जी ने पास में पड़ी लम्बी टॉर्च उठाई और मुझे कूटना शुरू कर दिया। जब उनके हाथ रुके तो टॉर्च टेढ़ी पड़ गयी थी और बदन नीला।

उस दिन के बाद ऐसा कभी नहीं हुआ, कि पिता जी घर में हों और मैंने कोई गाना गुनगुनाया हो। आज पिता जी नहीं हैं लेकिन आज भी कुछ गुनगुनाते समय उस टेढ़ी टॉर्च से नज़र टकरा जाती है तो अच्छा भला राग भी दीपक राग बन जाता है।

पश्चाताप

आज उस्मान मियाँ की शादी है। निकाह उन्होंने एक ऐसी लड़की से किया जो पहले किसी के साथ भाग चुकी थी। दावत उड़ा रहे मेहमान तिरछी नज़रों से दुल्हन को घूरते और उस्मान के भोलेपन पर हँसते। पर उस्मान भाई के चेहरे पर असीम आनंद और संतोष था। आज उन्होंने उस गुनाह की सजा की तासीर कम की थी जो धोखा उन्होंने कभी शीला को दिया था।

वैधव्य जीवन

पति की तेरहवीं के तीसरे दिन ही करूणा का घर सूना पड़ गया है। सारे रिश्तेदारों के साथ उसके तीनों बेटे भी अपनी नौकरीयों पर लौट चुके हैं। जाते वक़्त रिश्तेदारों ने करूणा को दिलासा दिया था; 'तुम्हारी सारी ज़िम्मेदारियाँ पूरी हो चुकीं हैं, तीनों बेटे बड़ी कंपनियों में हैं, छोटे शहरों मे नौकरी तो होती नहीं, वरना वो तुमसे दूर हरगिज़ न जाते। वो त्योहारों में तुम्हारे पास आ जाया करेंगे, स्कूल की छुट्टियों मे बहुएँ, पोते-पोतियाँ भी आएंगी, तुम्हारे जीवन के बचे साल यूँ गुजर जाएंगे।'

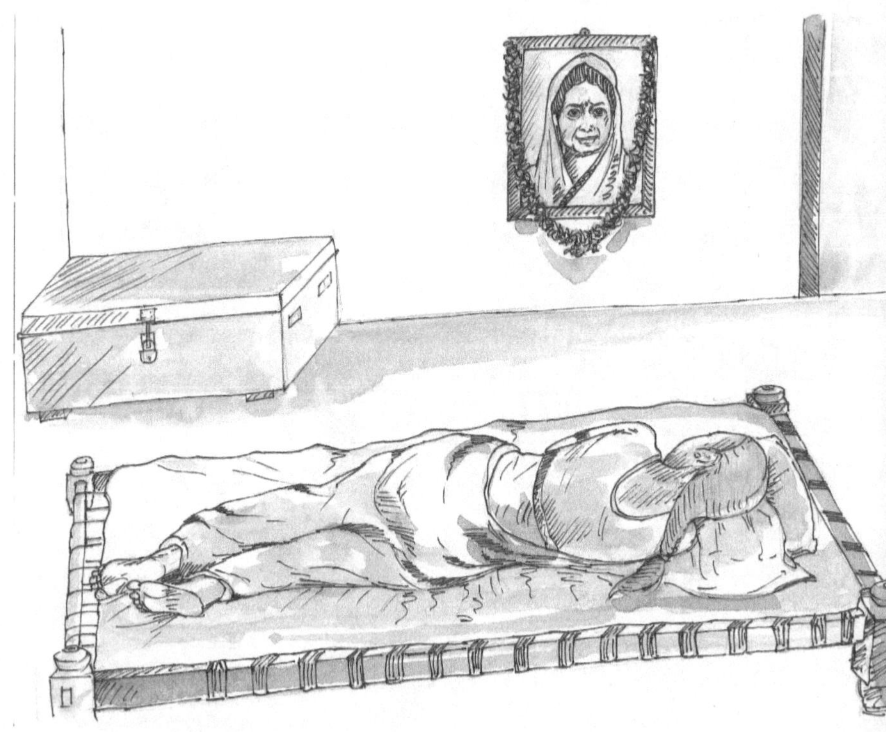

बिस्तर पर पड़े-पड़े करुणा के मन में विचारों का ज्वार-भाटा चल रहा था। बाक़ी बचे जीवन को तनहा गुजारने के विचार मात्र से वह सहम जाती। ऐसे में रिश्तेदारों की बातों को सोच कर करुणा के मन को बहुत बल मिला। सुकून की गहरी साँस लेकर उसने करवट बदली तो उसकी नज़र अपनी सास से जा टकराई और करूणा का मुख पीला पड़ गया।

उसकी सास, जो अब गोल्डेन फ्रेम मे दीवार से टंगी थी, ने अपने बीस बरसों के वैधव्य जीवन की होली-दिवाली गाँव मे अकेले ही मनाई थी। करूणा ने कभी पढ़ाई, कभी संगत तो कभी गर्मी का बहाना बनाकर अपने बच्चों को गाँव नहीं जाने दिया था।

बेईमानी

विक्रम का तमाचा रंजीत सिंह के गाल पर नहीं उनकी प्रतिष्ठा पर लगा था, अवाक रह गए! बँटवारे के लिए जमा हुयी पंचायत में सन्नाटा छा गया... किसी में विक्रम के ख़िलाफ बोलने की हिम्मत न थी, इसलिए धीरे-धीरे लोग उठे और पंचायत विसर्जित हो गयी। अस्सी साल की उम्र में शायद यही देखने के लिए वो ज़िंदा रह गए थे।

तीस साल तक लगातार गाँव के प्रधान रहे रंजीत सिंह की हनक पूरे इलाके में थी। जवानी के दिनों में जब घोड़े से निकलते तो लोग रास्ता छोड़ खेतों में उतर जाते। छोटा बड़ा कोई बिना सलाम किये नहीं निकलता। रंजीत सिंह को अपने भतीजे विक्रम से अत्यधिक स्नेह था। उसकी हर एक इच्छा पलक झपकते ही पूरी करते। जहाँ एक तरफ वो विक्रम के हीरो थे वहीं विक्रम में उन्हें अपना अक्स दिखता। बचपन से ही जिद्दी विक्रम, रंजीत सिंह के सानिध्य में बिगड़ता जा रहा था। हर खेल में झगड़ा करता, गालियाँ देता, कभी दूसरों के आँगन में पत्थर फेंकता, कभी किसी के बगीचे से आम तोड़ लाता। कोई शिकायत लेकर आता तो भी रंजीत सिंह सदा विक्रम का ही पक्ष लेते।

चाचा के संरक्षण में पोषित ग़लतियाँ आदत में तब्दील होती गयीं। युवा अवस्था तक आते-आते बदतमीज़ी और बेईमानी उसका स्वभाव बन चुकी थी। परोक्ष रूप से वही प्रधान था। सरकारी फंड को खा जाना, गाँव के विकास के लिए आयी निधी की बेईमानी करना अब उसका अधिकार था।

आज बँटवारे में बेईमानी करने पर चाचा रंजीत सिंह से विवाद होने पर उसने अपने चाचा पर ही हाथ उठा दिया था।

बेईमानी ऐसा दुर्गुण है जिसकी तीव्रता समय के साथ प्रबल और परिधि छोटी होती जाती है - अपनी जाति के लिए बेईमानी करने वाला व्यक्ति, आगे जाकर अपने ख़ानदान के लिए अपनी जाति से बेईमानी करता है, फिर अपने परिवार के लिए ख़ानदान से बेईमानी करता है और अंततः यह स्वयँ पर आकर समाप्त होती है। ऐसे इंसान से जुड़े लोग शुरुआत में इस दुर्गुण से लाभान्वित तो होते हैं लेकिन भविष्य में इसका पूरा ख़ामियाजा भी भुगतते हैं।

अतः इसके लक्षण दिखते ही कठोरता से इसका दमन आवश्यक है।

❖ ❖ ❖

सुख

विपुल के अलग रहने के निर्णय से सुधा का कलेजा फटा जा रहा था। घर में बने मंदिर में भगवान के सामने खड़ी सुधा फूट पड़ी थी - 'हे ईश्वर! मैंने वर्षों तुम्हारी पूजा की, मन्नतें माँगी तब जाकर बेटा हुआ। उसे अपने लहू से सींचा, जान से बढ़ कर चाहा, हर खुशी दी, योग्य बनाने के लिए सारी पूंजी लुटा दी, जिसे बुढ़ापे का सहारा समझा वो ही पत्नी के कहने पर हमें छोड़ कर चला गया। मैं दोनों पहर तुम्हारी पूजा करती रही, जीवन में कोई

पाप नहीं किया फिर तुमने हमारे बुढ़ापे के इकलौते सहारे को हमसे दूर क्यों कर दिया?

मुझे पता है तुम्हारे पास कोई उत्तर नहीं है। तो आज के बाद मैं भी तुम्हारे दर नहीं आऊंगी... अब तुम्हारा ये मंदिर बंद ही रहेगा।'

पति को भी हिदायत देती हुए सुधा पलंग पर जा गिरी। अश्रु रुकने का नाम नहीं ले रहे।

रात के तीसरे पहर आँख लगी तो सपने में भगवान आये।

बोले - " सुधा तुमने अपनी ख़ुशी के लिए पुत्र की कामना की। बाँझ होने के कलंक को मिटाने के लिए प्रसव पीड़ा सही, उसे खेलते देख तुम्हारा हृदय आनंद से भर जाता, उसे अपने छाती से लगा कर तुमने असीम सुख पाया। उसने कभी तुमसे प्रार्थना नहीं की थी कि तुम उसे दुनिया में लाओ और बदले में वह सदैव तुम्हारे साथ रहेगा और तुम्हारा सहारा बनेगा।

तुम्हें उसके तपते बदन को रात भर गोद में लेकर बैठे रहने में सुख मिला तो तुमने वो किया आज उसे पत्नी संग अलग रहने में सुख मिला तो उसने वो किया। सारा खेल ही स्वयं के सुख का है। समाज में सम्मान और आदर के सुख का भूखा मनुष्य सदाचरण और दूसरों पर उपकार कर इसे प्राप्त करता है तो वहीं दूसरी तरफ मदिरापान करने वाला समाज की परवाह नहीं करता; उसके लिए मदिरा से होने वाली शारीरिक और मानसिक हलचलों का सुख ही प्रबल है। सभी के लिए केवल स्वयं का सुख ही सर्वोपरि है बस उसे प्राप्त करने के रास्ते अलग हैं।"

अगली सुबह सुधा मंदिर में आरती कर रही है और पीछे खड़े शुक्ला जी घंटी बजा रहे हैं।

❖ ❖ ❖

अपना घर

मोहल्ले का सबसे ख़ुशमिज़ाज इंसान.... उस्मान। यारों की महफ़िल की जान.... उस्मान। हँसी हमेशा होंठों पर तैरती रहती। बीवी से बेपनाह मोहब्बत। शादी के दो साल बीत चुके हैं, पर जैसे कल ही निकाह हुआ हो। जेठानियों को सलमा की किस्मत से जलन होती। डिप्लोमा करने के बाद उस्मान ने इलाहाबाद में ही नौकरी ढूँढ ली थी। थोड़ा कमाना, अपनों के साथ रहना यही मंत्र था उस्मान का। लेकिन मायके में संयुक्त परिवार का दंश झेल चुकी सलमा का सपना अपने एकाकी घर का था। बार-बार कहने पर भी उस्मान के अनसुना करने पर सलमा ने फरमान सुनाया...'ऐसे घर में जहाँ मेहमानों के आने पर अपना कमरा भी साझा करना पड़ता हो, वो अपना बच्चा प्लान नहीं कर सकती।' उस्मान ने बहुत समझाने की कोशिश की...'घर-बार सब यहीं रह जाने हैं, जो पल अपनों के साथ बीत जाये वही ज़िंदगी का हासिल है।' लेकिन सलमा ने जैसे भीष्म प्रतिज्ञा कर ली हो। हार कर उस्मान ने सउदी की राह ली। उसकी मोहब्बत ही उसकी जुदाई का सबब बनी थी।

पाँच वर्ष बीत चुके हैं। बालकनी में खड़ी सलमा गली मे खेल रहे बच्चों को निहार रही है। उसके पास अब अपना घर है, बाहर गाड़ी भी खड़ी है। हर महीने उसका अकाउंट उसकी जरूरत से ज्यादा पैसों से क्रेडिट हो जाता है, पर उस्मान ने जैसे हिन्दुस्तान वापस न आने की कसम खा रखी हो।

मेट्रो - बदलती मनोवृत्ति

इलाज़ के लिये बेटे के पास दिल्ली पहुँचे आनंद बाबू का दिन मुश्किल से कटता। बंद फ्लैट की हवा में जैसे दम घुटता। बस उन्हें शाम होने का इंतज़ार रहता जब वो पार्क में पहुँच जाते और बच्चों का खेलना देखते। शाम को पार्क में बिताये दो घंटे उन्हें उर्जा से भर देते। यही उनकी संजीवनी थी।

रोज की तरह आज भी वो बेंच पर बैठे थे कि एक बॉल उनके पैरों के पास आकर रूकी। उसके पीछे तकरीबन पाँच साल की एक सुन्दर-सी लड़की दौड़ती हुई आई। एकदम परी जैसी। आनंद जी ने उसे बॉल दी और उसने थैंक यू कहा।

उसकी मीठी आवाज़ सुनकर वो खुद को रोक नहीं पाये, उसे अपनी गोद में बैठा लिया। बचपन में उनकी बेटी बिल्कुल ऐसी ही तो थी!

तभी अचानक से आधे-अधूरे कपड़ों में पहुँची महिला ने बच्ची को तकरीबन उनकी गोद से छीन लिया था। आनंद बाबू स्तब्ध रह गये।

युवती लगातार अजनबियों के प्रति दी गयी हिदायतों को नहीं मानने के लिये बच्ची को डांटे जा रही थी, पर उसकी नजरें आनंद की आँखों से होती हुई उनके मनोभाव को पढ़ने की कोशिश कर रहीं थीं। आनंद बाबू का मन आत्मग्लानि से भर गया। अपने जीवन के किसी कृत्य पर उन्हें इतना अफ़सोस नहीं हुआ था।

घर पहुँच कर उन्होंने बेटे को तत्काल टिकट कराने को कहा और फिर दुबारा कभी दिल्ली ना आने की क़सम खाई।

अकाउंटेंट

गाजियाबाद, रात के 9:30 बजे, सड़क पर बनी पुलिया से उतरते ही गुप्ता जी को तीन लड़कों ने घेरा, कट्टा दिखाया और पुलिया के नीचे ले गये।

'जो भी माल है बाहर करो.....' एक ने कड़क कर कहा।

गुप्ता जी के साथ न ही ऐसा कभी हुआ था, न ही उन्होंने इसकी कल्पना ही की थी। काँपते हुए पर्स निकाला और एक के हाथ में रख दिया।

मोटा पर्स देख कर तीनों ख़ुश हुये।

पर ये क्या?

पर्स सिर्फ विजिटिंग कार्ड्स, डी. एल., आधार कार्ड, वोटर आई. डी., मेट्रो पास आदि से पटा पड़ा था। पूरा पर्स खँगालने के बाद कुछ चिल्लर और एक सौ रूपये की चिपटी नोट मिली।

'तालाशी लो' - दूसरा बोला।

हाथ मे घड़ी नहीं, अंगुली में अंगूठी नहीं, गले में चेन नहीं, मोबाइल की स्क्रीन टूटी हुई।

'बैग चेक करो.....'

बैग में ऑफिस का अख़बार, सिरके की बदबू से भरी हुई जूठी टिफ़िन, एक कैल्कुलेटर, एक इरेज़र, एक शार्प्नर और भाले की तरह शार्प की हुई तीन नुकीली पेन्सिल्स।

गैंगलीडर बोला - 'हम एक हफ्ते से तेरा पीछा कर रहे हैं, मोबाइल पर तूँ लाखों करोड़ों की बातें करता है और जेब मे सिर्फ सौ रूपये!'

कभी रात के 9 बजे लौटता है, कभी 10 बजे, तूँ है कौन ??'

गुप्ता जी- 'जी मै एक कम्पनी में अकाउंटेंट हूँ, मैं तो कम्पनी के फन्ड की बातें करता था।'

अब तो तीनों के क्रोध का पारा-वारा न रहा।

फिर क्या?

तीनों ने एक-एक पेन्सिल उठाई, गुप्ता जी को उल्टा लिटाया और वार पर वार.....
बेध डाला।

कराहते हुये गुप्ता जी ने घर में कदम रखा, पत्नी को संक्षेप मे व्यथा सुनायी, सीधे बेड
रूम में गये, पैन्ट उतारी और उसके अन्दर से बल्ब को देखने लगे। अनगिनत सुराखों
से आ रही रोशनी में पत्नी ने देखा कि गुप्ता जी की आँखो से आँसू टपक पड़े।

पत्नी- 'बहुत दर्द हो रहा है क्या?'

गुप्ता जी- 'दर्द तो ठीक है…............ पैन्ट नयी थी, सालो ने रफ़्फू कराने लायक भी
नहीं छोड़ा।'

कॉम्प्रोमाइज

हनीमून से लौटते ही राज और सिमरन ने तलाक़ लेने का निर्णय लिया। 'गुड न्यूज़' के इंतजार में बैठे रिश्तेदारों के लिए यह किसी झटके से कम न था। औरतों में कानाफूसी शुरू हो गयी। सभी हैरान थे कि ऐसा क्या हो गया कि तलाक़ की नौबत आ गयी और वजह कुछ यूँ सामने आयी...

सिमरन को जहाँ पढ़ने का शौक था वहीं राज म्यूजिक का दीवाना था, सिमरन को दुनिया देखने का शौक था, तो राज के लिए जग़ह मायने नहीं रखती थी। जहाँ दोस्त और फैमिली हों वही जगह उसके लिए जन्नत थी। जहाँ राज के सिर भाईयों की पढ़ाई और बहन के विवाह की ज़िम्मेदारी थी तो सिमरन को तब तक जवानी के कई बेशक़ीमती सालों के बर्बाद होने का डर, राज को दो बच्चे चाहिए थे तो वहीं सिमरन सिर्फ एक ही बच्चा चाहती थी। दोनों में कोई ग़लत न था लेकिन विचारों में कोई मेल भी न था। परिवार मिले, कुंडलियाँ मिलाई गईं लेकिन विचारों के मेल के बारे में किसी ने नहीं सोचा।

सभी ने समझाया लेकिन दोनों इस ख़ूबसूरत रिश्ते को 'कॉम्प्रोमाइज' का नाम देने को तैयार न थे। दोनों पक्षों को अफ़सोस था कि उन्होंने राज और सिमरन के शादी से पहले मिलने - जुलने के प्रस्ताव को अनुमति क्यों नहीं दी थी।

गोवा ट्रिप

आज उस्मान मियाँ गोआ घूम कर लौटे हैं। बीवी के फेसबुक प्रायोजित उलाहनों से तंग आकर उस्मान ने बॉस से एक हफ्ते की छुट्टी की भीख माँगी, दो महीने की सैलरी जोड़ी और सबको गोआ घूमा लाए। एक शानदार ट्रिप। बीवी अब हर बात का ज़वाब प्यार से देती है। बेटा फ़वाद तो जैसे वहीं रूक जाना चाहता था। सब ख़ुश हैं।

पर उस्मान मियाँ दुखी हैं। हुआ यूँ कि, फ़वाद ने मोबाइल पर गेम खेलते-खेलते पूरी गैलरी उड़ा दी। गोआ की तस्वीरें फेसबुक पर नजर होने से पहले ही शहीद हो गयीं। उस्मान भाई को लग रहा है जैसे सारा पैसा पानी में चला गया।

नश्वर शरीर

दीनानाथ जी का पहला पुनर्जन्म उनके अपने ही गाँव में कुत्ते के रूप में हुआ। उत्साहित दीनानाथ जी सीधे अपनी बैठक में जा पहुँचे। कुत्ते का यह दुस्साहस देख क्रोधित पोते ने उन्हीं की लट्ठ उनकी पीठ पर बजा दी। इससे पहले की वो कुछ समझ पाते, एक और भीषण प्रहार... अब तो दीनानाथ जी ने भागने में ही भलाई समझी। गोलू उन्हें गाँव के बाहर तक छोड़ कर आया। दीनानाथ जी ने खेतों में छुप कर मुश्किल से जान बचाई।

गाँव के बाहर एक शांति आश्रम था जहाँ रोज प्रवचन होता, जिसमें स्वामी जी हमेशा आत्मा की महत्ता और मानव शरीर को नश्वर बता कर उसकी तुच्छता का ज्ञान बाँटते। दीनानाथ जी, स्वामी जी के अनन्य भक्त थे। नियमित रूप से आश्रम जाते और घंटों प्रवचन सुनते। पर आज उनको अपने 'नश्वर शरीर' का महत्व समझ में आया था।

"यह मानव शरीर ही तो था जिसका इतना सम्मान था, लोग जिसका आदर करते, गोलू तो कितना डरता था। आज आत्मा वही है लेकिन शरीर नहीं होने से सब समाप्त हो गया। अब मैं ना ही मंदिर में पूजा कर सकता हूँ, ना यज्ञ, ना चरणामृत का पान कर सकता हूँ, ना ही मदिरा का, यहाँ तक कि मैं अपने बनाए घर में भी नहीं रह सकता।"

आज उन्हें 'नश्वर शरीर' मुख्य और आत्मा नगण्य लग रही थी। आश्रम में बर्बाद किये हुए समय पर उन्हें बहुत पछतावा हो रहा था और स्वामी पर क्रोध भी।

अगली सुबह आश्रम पर स्वामी जी का प्रवचन नहीं हुआ, लोग उन्हें इलाज के लिए शहर ले गए थे। पता चला किसी कुत्ते ने उनके 'नश्वर शरीर' को बुरी तरह से काट खाया था।

❖❖❖

परवरिश

तलाक़ के तक़रीबन 25 साल बाद दोनों की मुलाकात हॉस्पिटल में हुई। तलाक़ के वक्त जहाँ उस्मान को बेटे फ़वाद की परवरिश का जिम्मा मिला, वहीं सलमा के हिस्से में बेटी फ़हरीन आयी। दोनों ने अपने बच्चों को भरपूर प्यार दिया और अल्लाह के नेक काम में लगाया। पिछले कुछ दिनों से ये दोनों बच्चे कोरोना के खिलाफ जंग लड़ रहे थे। आज फ़वाद पूरी तरह ठीक होकर डिस्चार्ज होने वाला था।

लेकिन मौलाना फ़वाद के डिस्चार्ज होने का इंतजार दिल्ली पुलिस भी कर रही थी क्योंकि उस पर डॉक्टर फ़हरीन के ऊपर थूकने और अश्लील इशारों का आरोप था।

COVID

हैप्पी
मैरिज एनिवर्सरी

पार्टी से लौटते समय तिवारी जी ने कार में रोमांटिक गाना ट्यून किया है। बगल की सीट पर पत्नी रीना अनमनी-सी बैठी है, पर तिवारी जी ने कुमार सानू के सुर में सुर मिला रखा है।

आज दोनों की मैरिज एनिवर्सरी है और तिवारी जी ने फैमिली फ्रेंड्स की एक पार्टी रखी थी। पार्टी में तिवारी जी पूरे टाइम 'पार्टी क्वीन' मिसेज़ गुप्ता से चिपके रहे। हर बार ऐसा ही होता, तिवारी के लिए पार्टियों में जाने का एकमात्र उद्देश्य मिसेज़ गुप्ता का सानिध्य पाना ही रहता। तिवारी जी तो ऐसे ही थे, पर आज के दिन भी उनका यह कृत्य रीना को बहुत नाग़वार गुजरा। खाने की टेबल पर भी तिवारी जी मुँह बाये मिसेज़ गुप्ता को ही निहारते रहे। तिवारी के मुँह से टपकती अदृश्य लार जैसे रीना की प्लेट में आ गिरी हो, उससे खाया नहीं गया।

घर पहुँचते ही रीना ने चेन्ज किया, लाईट बंद की और तिवारी जी को हिदायत दी कि 'उन्हें जागना है तो बाहर वाले कमरे में जायें, वह थक चुकी है......उसे सोना है।'

तिवारी जी को कुछ समझ नहीं आ रहा, इतनी अच्छी पार्टी दी, गिफ्ट दिया, फिर बीवी का मूड ख़राब क्यों है?

दोनों को नींद नहीं आ रही है। रीना सोने की कोशिश कर रही है और तिवारी जी बाहर वाले कमरे में 'हैप्पी मैरिज एनिवर्सरी' वाले संदेश पढ़ रहे हैं।

फादर्स डे

2020 में,

बेटा - "हैप्पी फादर्स डे डैड"

देखिये मैंने आप के लिए कार्ड बनाया है।

पिता - "वाओ!"

इट्स ऑसम... कितना सुन्दर है। कलर कॉम्बिनेशन कितना अच्छा यूज़ किया है।
मैं इसे फेसबुक पर पोस्ट करूँगा। थैंक्स बेटा, लव यू... शाम को सेलिब्रेट करेंगे।

90's में,

बेटा - "हैप्पी फादर्स डे पापा"

देखिये मैंने आप के लिए कार्ड बनाया है।

पिता - कार्ड!

तूने कॉपी के पन्ने फाड़े?

और इतना कलर?

सारी स्केच पेन खत्म कर दी क्या?

पेंटर बनेगा क्या तूँ?

स्कूल में मैथ्स, साइंस छोड़ सिर्फ रंगना-पोतना सिखाते हैं। स्टेशनरी में कमीशन जो
मिलता है ।

और फ़ादर का एफ देखो! आज तक तेरा एफ सीधा नहीं बना।

चल तीन पेज सिर्फ़ एफ लिख।

पारंगत

प्रकृति को भी समरूपता पसंद नहीं, वरना एक ही माता-पिता के बच्चों में इतना भेद क्यों होता? पद्म लाल श्रीवास्तव के दोनों बड़े बेटे पढ़ाई में जितने प्रवीण थे छोटा बेटा राजू उतना ही बोक; जहाँ दोनों बड़े बेटे हमेशा क्लास में पोजीशन लाते, वहीं राजू मुश्किल से पास होता।

सतीश ने इंजीनियरिंग की और दिल्ली में कार्यरत था, यतीश एम.बी.ए. कर चंडीगढ़ में मार्केटिंग मैनेजर। राजू ने मुश्किल से बारहवीं पास की। पत्नी के असमय स्वर्गवास के बाद लाला जी ने राजू की जल्दी शादी करा दी और अपने साथ ही रखा। मंदबुद्धि राजू में कोई गुण न था, सिर्फ इसके कि वो किसी का भी हस्ताक्षर हुबहु बना लेता। पारंगत इतना कि कई बार लाला जी भी आश्चर्य में पड़ जाते। रिपोर्ट कार्ड में खुद ही हस्ताक्षर कर देता जिसे अध्यापक तो क्या लाला जी भी पकड़ नहीं पाते। हुनर कहें या शौक, बस यही एक कला थी राजू के पास।

''बाबा मरेंगे, बैल बिकेगा, फिर सपने पूरे होंगे'' यह कहावत आज पद्म लाल श्रीवास्तव के यहाँ चरितार्थ हो रही थी। आज लाला जी की तेरहवीं थी। लेखपाल रहे लाला जी को भूमि की महत्ता बखूबी पता थी। जिम्मेदारियों को पूरा करने के बाद बची अपनी सारी कमाई से लाला जी ने दस दुकानों का कॉम्प्लेक्स बनवा रखा था जिसके किराये से उनका और राजू का जीवन आराम से कट रहा था।बीस-पच्चीस हज़ार रूपये का किराया सामान्य होते हुए भी इस चल संपत्ति की कीमत एक करोड़ से कम न थी। यही कॉम्प्लेक्स वो बैल था, जिसके भरोसे लाला जी की दोनों बहुओं ने सपने पाल रखे थे। एल.आई.जी. के छोटे कमरों से तंग आ चुकी बड़ी बहु रागिनी ने बड़ा-सा घर देख रखा था, तो यतीश की पत्नी वंदना की अपना बुटीक खोलने की तैयारी थी। तेरहवीं में कमाऊ बेटों और उनकी पत्नियों

ने दिल खोल कर दान दिया। खुद के माँ-बाप से अपना चूल्हा अलग कर चुके रिश्तेदार,भाईयों को साथ रहने की हिदायत दे विदा हुए।

अगले दिन बैठक में सतीश ने जैसे ही आगे की योजनाओं पर चर्चा शुरू की, राजू की पत्नी चाय के साथ कुछ काग़ज़ात ले आयी। यह लाला जी की वसीयत थी। जिसमें लिखा था -

"राजू और उसकी पत्नी ने मेरी बहुत सेवा की। राजू के दोनों भाई अच्छी नौकरी में हैं और अच्छा कमाते हैं, लेकिन राजू एक रुपया भी कमाने में अक्षम है। इसलिए राजू के जीविकोपार्जन के लिए मैं कॉम्प्लेक्स राजू के नाम करता हूँ"

भाईयों ने कई बार चेक किया लेकिन ये तो लाला जी के ही हस्ताक्षर थे...

किसी ने ठीक ही कहा है छोटा, बड़ा, अच्छा, बुरा जो भी काम करो उसमें पारंगत बनो। ऐसा कि तुम्हारे जैसा कोई न हो.....अद्वितीय।

राजू के सिर्फ एक गुण ने उसका भविष्य सुरक्षित कर दिया था।

प्रमोशनल वैराग्य

प्रमोशन लिस्ट में नाम नदारद होने से फ़्रस्ट्रेटेड आप डिसाइड करते हैं कि आज से लेट सिटिंग बंद, फैमिली के साथ टाइम स्पेंड करना है, वर्क और लाइफ को बैलेंस करना है।

आपने समय पर कंप्यूटर बंद किया, बैग उठाया और शायद पहली बार दिन के उजाले में ऑफिस से निकल आए।

सिर्फ आपकी वजह से रोज लेट होने वाला ऑफिस ब्वाय आज खुश है। सोसायटी के सेक्योरिटी गार्ड ने आपको आश्चर्य से देखा। पड़ोसियों ने अंदाजा लगाया कि आज या तो किसी का बर्थडे है या मैरिज एनिवर्सरी और हद तो तब हो गयी जब पत्नी ने दरवाजा खोला और आश्चर्य से पूछा -

'अरे क्या हुआ ? आज इतनी जल्दी कैसे आ गये ?'

अगले दिन... आप काम निपटा रहें हैं, ऑफिस ब्वाय आपके जाने का इंतजार कर रहा है और टेबल पर पड़ीं दूसरों के प्रमोशन में बँटी काजू बर्फ़ियाँ एक दिन के वैराग्य समाप्ति पर मुस्कुरा रहीं हैं।

तौलिया

गीला तौलिया सोफे पर देख कर पल्लवी का दिमाग ख़राब हो गया।

पल्लवी - कितनी बार कहा है गीला तौलिया सोफे पर मत रखा करो, लेकिन नहीं!

निखिल - अरे यार गलती से रख दिया था, अभी हटा देता हूँ।

पल्लवी - रोज की यही कहानी है , तुम लोगों को रहने की तमीज़ ही नहीं है।

निखिल - अब इसमें लोग कहाँ से आ गए? ये मैंने रखा है।

पल्लवी - लोग इसलिए आ गये क्योंकि तुम्हें ये सब सिखाया ही नहीं गया।

निखिल - तो तुम सीखा दो!

पल्लवी - अब सीखने की उम्र नहीं रही तुम्हारी।

निखिल - यार ऑफिस जल्दी पहुँचना है, रात 2 बजे तक प्रेज़ेंटेशन बनाता रहा नींद भी पूरी नहीं हुई है, अब तुम टेंशन मत दो।

पल्लवी - पता नहीं कैसी नौकरी है तुम्हारी, ऑफिस का काम वहीं ख़तम क्यों नहीं करते, घर क्यों ले आते हो?

निखिल - मुझे कोई शौक नहीं है ऑफिस का काम घर में करने का। घर आने के बाद तो बॉस ने फ़ोन करके बताया था कि आज मीटिंग है, क्या करता?

पल्लवी - रोज़-रोज़ की टेन्शन, ना इन्क्रीमेंट अच्छा है, ना छुट्टी मिलती है, छोड़ क्यों नहीं देते ऐसी नौकरी?

निखिल - तुमसे तो बात ही करना बेकार है।

शब्दों को चबाते हुए निखिल ने कार की चाभी उठाई और घर से निकल गया। पार्किंग चक्रव्यूह से निकालते समय कार टकराते-टकराते बची। रास्ते की सारी रेड लाइट्स जैसे उसी का इंतज़ार कर रही थी। भागते-दौड़ते ऑफिस पहुँचा।

बॉस - आज तो टाइम पर आ जाते! सर इंतज़ार कर रहे हैं।

निखिल ने बिना कोई ज़वाब दिए कॉन्फ्रेंस रूम में प्रोजेक्टर पर प्रेज़ेंटेशन इंस्टॉल कर दिया।

मीटिंग ख़तम हुई, बॉस ने निखिल को बुलाया और शुरू हो गए,

"कैसा प्रेज़ेंटेशन बनाया था यार? मिलियन ऑफ़ मिस्टेक्स..... कई जगह तो ईयर ही गलत था, सर ने कितना सुनाया पता है? तुम्हें फेस करना पड़े तो नौकरी छोड़ कर भाग जाओगे! ऐसा नहीं चलेगा, थोड़ा इम्प्रूव करो।"

इतनी मेहनत के बाद अप्रिसीएशन तो दूर उल्टे डाँट सुनकर निखिल बिफर पड़ा -
"इतने शार्ट नोटिस में ऐसा ही प्रेजेंटेशन बन सकता है... प्रेजेंटेशन में ईयर गलत हो जाने से शेयर के प्राइस नहीं गिर जायेंगे, फैक्ट्री बंद नहीं हो जाएगी"

उधर बॉस भी तपे बैठे थे;

बॉस - देखो भाई, हम लोग अकाउंट्स के लोग हैं, हम ना तो प्रोडक्ट बनाते हैं ना ही बेचते हैं। हमारी नौकरी तो इन्हीं कागजों और प्रेजेंटेशन से चलती है। यहाँ तो ऐसे ही काम करना पड़ेगा, करो या दूसरी नौकरी ढूँढ लो।

ऐसा नहीं था कि बॉस ने आज पहली बार सुनाया हो लेकिन खाली पेट पुरुष का दिमाग सुन्न हो जाता है और फिर फैसला दिल करता है।

सीट पर पहुँच कर निखिल ने एक मेल किया और ऑफिस से निकल गया।

दरवाजा खोलते ही पल्लवी ने निखिल का चेहरा देखा और बोल पड़ी -

'आज फिर टेंशन हो गयी क्या?'

तुम्हारी नौकरी भी ना...

'रिज़ाइन कर दिया' निखिल ने बीच में ही टोका। कपड़े उतारे और नहाने बाथरूम में घुस गया।

थोड़ी ही देर बाद दोनों डाइनिंग रूम में चाय पी रहे हैं। एक ओर जहाँ निखिल का मन शांत है, वहीं पल्लवी के चेहरे पर चिंता की लकीरें हैं और सोफे पर पड़ा गीला तौलिया सोफे को गीला किये जा रहा है...

आभासी दुनिया

उस्मान मियाँ का फेसबुक अकाउंट "RIP" से भरा हुआ था। सैंकड़ों फ़ॉलोवर्स; और हो भी क्यूँ नहीं, उनकी हर लाइन दिल को जो छू लेती। गंभीर से गंभीर विषय में हास्य ढूँढ लेते। शायरी ऐसी कि दिल के पार हो जाये। लोग वाह-वाह कर उठते। सभी को उनके पोस्ट का इंतज़ार रहता और उन्हें लाइक्स और कमेंट्स का। लेकिन बीवी को जनाजे के लिए सरकारी कंधों का सहारा लेना पड़ा। बीवी ने उनका मोबाइल भी उनके साथ ही दफ़ना दिया जिसे वो इंसानों से ज्यादा चाहते थे।

सिर्फ फेसबुकिया नहीं, फिजिकल दोस्त भी बनाइये... कम से कम चार।

❖❖❖

जवानी

वो रूठ कर जा ही रही थी,

कि मैंने उसका हाथ पकड़ लिया,

खींचा अपनी ओर,

और बाँहों में भर लिया,

बोला;

तुम मेरी हो..... सिर्फ़ मेरी,

तुम मुझे यूँ छोड़ कर जा नहीं सकती,

अभी तो अपना प्रणय शुरू हुआ है,

तुम मुझे यूँ ठुकरा नहीं सकती,

उसने भी प्रतिकार किया,

ऊर्जा में विस्तार किया,

कर-पाश से मेरे निकल गयी,

जैसे रेत हो....हाथों से फिसल गयी,

बोली;

मैं जवानी हूँ,

सदा किसी के साथ मैं रहती नहीं,

और तुम जैसों के साथ तो हरगिज़ नहीं,

मैंने नवयौवन-नवऊर्जा संग,

तुम्हें अंगीकार किया,

पर तुमने मेरा दोहन कर,

बस धन कमाना ही स्वीकार किया,

ले, मैं जा रही हूँ,

पर तूँ मुझे भूल नहीं पाएगा,

मेरे मर्दन से अर्जित धन,

तुझे जवानी के सुख नहीं दे पाएगा।

www.ingramcontent.com/pod-product-compliance
Lightning Source LLC
Chambersburg PA
CBHW031423160726
47993CB00003B/1377